一〇〇一	三十二さい	夫《おっと》がなくなる。このころ『源氏物語《げんじものがたり》』をかきはじめる
		清少納言《せいしょうなごん》により『枕草子《まくらのそうし》』がかかれる
一〇〇四	三十五さい	『和泉式部日記《いずみしきぶにっき》』がかかれる（作者不詳《さくしゃふしょう》）
一〇〇五	三十六さい	一条天皇《いちじょうてんのう》の中宮彰子《ちゅうぐうしょうし》のもとに宮《みや》づかえに出《で》る
一〇〇八	三十九さい	『紫式部日記《むらさきしきぶにっき》』をかきはじめる
一〇一〇	四十一さい	『紫式部日記《むらさきしきぶにっき》』をかきおえる
一〇一三	四十四さい	『源氏物語《げんじものがたり》』が完成《かんせい》する。このころ宮《みや》づかえをやめる
一〇一四	四十五さい	このころなくなる

この本《ほん》について

『よんで しらべて 時代《じだい》がわかる ミネルヴァ日本《にほん》歴史人物伝《れきしじんぶつでん》』シリーズは、日本《にほん》の歴史上《れきしじょう》のおもな人物《じんぶつ》をとりあげています。

前半《ぜんはん》は史実《しじつ》をもとにした物語《ものがたり》になっています。有名《ゆうめい》なエピソードを中心《ちゅうしん》に、その人物《じんぶつ》の人生《じんせい》や人《ひと》がらなどを楽《たの》しく知《し》ることができます。

後半《こうはん》は解説《かいせつ》になっていて、人物《じんぶつ》だけでなく、その人物《じんぶつ》が生《い》きた時代《じだい》のことも紹介《しょうかい》しています。物語《ものがたり》をよんだあとに解説《かいせつ》をよめば、より深《ふか》く日本《にほん》の歴史《れきし》を知《し》ることができます。

歴史《れきし》は少《すこ》しにがてという人《ひと》でも、絵本《えほん》をよんで楽《たの》しく学《まな》ぶことができます。歴史《れきし》に興味《きょうみ》がある人《ひと》は、解説《かいせつ》をよむことで、さらに歴史《れきし》にくわしくなれます。

■解説《かいせつ》ページの見《み》かた

人物《じんぶつ》についてくわしく解説《かいせつ》するページと時代《じだい》について解説《かいせつ》するページがあります。

文中《ぶんちゅう》の青《あお》い文字《もじ》は、31ページの「用語解説《ようごかいせつ》」で解説《かいせつ》しています。

「もっと知《し》りたい！」では、その人物《じんぶつ》にかかわる博物館《はくぶつかん》や場所《ばしょ》、本《ほん》などを紹介《しょうかい》しています。

「豆《まめ》ちしき」では、人物《じんぶつ》のエピソードや時代《じだい》にかんする基礎知識《きそちしき》などを紹介《しょうかい》しています。

写真《しゃしん》や地図《ちず》など理解《りかい》を深《ふか》める資料《しりょう》をたくさんのせています。

よんでしらべて時代がわかる
ミネルヴァ日本歴史人物伝

『源氏物語』をかいた作家
紫式部《むらさきしきぶ》

監修 朧谷寿
文 西本鶏介
絵 青山友美

もくじ

ミネルヴァ書房

美《うつく》しくもせつない恋《こい》物語《ものがたり》

いまから千年《せんねん》ほどもむかし、京《きょう》の都《みやこ》の平安京《へいあんきょう》で権力《けんりょく》をふるっていたのは藤原氏一族《ふじわらしいちぞく》でした。むすめたちを天皇《てんのう》のきさきにしたり、その皇子《おうじ》を天皇《てんのう》にしたりして摂政《せっしょう》や関白《かんぱく》になり、思《おも》いどおりの政治《せいじ》をおこなっていました。しかし、おなじ藤原氏《ふじわらし》でありながら摂政《せっしょう》や関白《かんぱく》どころか、大臣《だいじん》や公卿《くぎょう》にもなれない身分《みぶん》の人《ひと》たちもたくさんいました。平安時代《へいあんじだい》の女流文学者《じょりゅうぶんがくしゃ》として知《し》られる紫式部《むらさきしきぶ》が生《う》まれたのは、権力《けんりょく》とはかかわりのない中流《ちゅうりゅう》以下《いか》の貴族《きぞく》の家《いえ》でした。

しかし、父《ちち》の藤原為時《ふじわらのためとき》は当時《とうじ》指《ゆび》おりの学者《がくしゃ》であり、おじの為頼《ためより》も歌人《かじん》として知《し》られていました。そんな血《ち》をひく式部《しきぶ》は子《こ》どものころから女《おんな》らしいならいごとより漢詩《かんし》や和歌《わか》をよむのが好《す》きで、文《ぶん》をかくのも得意《とくい》でした。というのも、平安時代《へいあんじだい》のなかごろになると、それまでの漢字《かんじ》にかわるかな文字《もじ》が発達《はったつ》したからです。「仮《か》りの名《な》（名《な》は文字《もじ》のこと）」であることから「かな文字《もじ》」とよばれましたが、漢字《かんじ》よりもやさしく、かんたんにつかえるので、女《おんな》の人《ひと》たちによろこばれ、たくさんの日記《にっき》や物語《ものがたり》がかかれるようになったのです。

式部《しきぶ》が十五《じゅうご》さいになったころ、たまたま為時《ためとき》から学問《がくもん》を教《おそ》わっていた親王《しんのう》が天皇《てんのう》となり、そのため為時《ためとき》も儀式《ぎしき》がかりの役人《やくにん》にえらばれました。天皇《てんのう》やきさきのいる宮廷《きゅうてい》とはどんなところなのか、いつも知《し》りたがっていた式部《しきぶ》は父《ちち》がもどるのをまちかねたようにたずねます。

「おとうさま、今日《きょう》の儀式《ぎしき》はどうでした。」

「無事《ぶじ》に終《お》わったよ。」

「なにかおもしろいことはなかったですか。どんなうわさ話《ばなし》でもいいから教《おし》えてください。」

つぎつぎととびだす質問《しつもん》にこまりながらも為《ため》時《とき》は母《はは》のいないむすめのためにやさしくこたえてあげます。式部《しきぶ》は目《め》をかがやかせてきいたあと、それを文《ぶん》にかきのこしておきます。為時《ためとき》は式部《しきぶ》にせがまれ、ときどき宮廷《きゅうてい》から書物《しょもつ》をかりてくることがありました。そんなとき、式部《しきぶ》は食事《しょくじ》もわすれ、ねるまもおしんで書物《しょもつ》をよみつづけ、気《き》にいった文章《ぶんしょう》をおぼえてしまうほどでした。

（式部《しきぶ》が男《おとこ》であれば、すぐれた学者《がくしゃ》になれたものを……。）

為時《ためとき》は学問好《がくもんず》きの式部《しきぶ》の才能《さいのう》をおしいと思《おも》わずにはいられませんでした。しかし、自分《じぶん》のつかえていた花山天皇《かざんてんのう》が出家《しゅっけ》したため、為時《ためとき》の宮廷《きゅうてい》がよいもわずか二年《にねん》で終《お》わりました。

「もう宮廷《きゅうてい》のことをきけなくなってしまったわ。」

式部《しきぶ》ががっかりしていたら、ある年《とし》の春《はる》、関白藤原道隆《かんぱくふじわらのみちたか》の屋敷《やしき》で、花見《はなみ》の宴《うたげ》がひらかれることになりました。道隆《みちたか》のむすめ定子《ていし》は花山天皇《かざんてんのう》にかわって即位《そくい》した一条天皇《いちじょうてんのう》のきさきでした。式部《しきぶ》が父《ちち》から漢詩《かんし》を学《まな》んでいるところへおじの為頼《ためより》がやってきました。

「道隆《みちたか》さまの花見《はなみ》の宴《うたげ》にまねかれた。式部《しきぶ》もつれていこうと思《おも》うがどうか。」

「ぜひ、おともさせてください。関白《かんぱく》さまにあえるなんてゆめみたい。」

式部《しきぶ》は声《こえ》をはずませました。

（これが関白《かんぱく》さまのお屋敷《やしき》……）

式部《しきぶ》は思《おも》わず目《め》を見《み》はりました。

まるで宮廷《きゅうてい》のような建物《たてもの》で、広《ひろ》い御殿《ごてん》の庭《にわ》には美《うつく》しい築山《つきやま》がつくられ、そのうしろにはなん本《ぼん》もの桜《さくら》の木《き》がありました。どの木《き》も満《まん》開《かい》で、風《かぜ》がふくたび、はらはらと花《はな》びらがちります。

十二単《じゅうにひとえ》を着《き》た女房《にょうぼう》たちが長《なが》いろうかをゆきかい、おごそかな雅楽《ががく》（日本独自《にほんどくじ》の宮廷音楽《きゅうていおんがく》）の音《おと》がひびきます。

（なんとはなやかな……）

式部《しきぶ》はなんどもため息《いき》をつきました。おなじ藤原氏《ふじわらし》であっても、わが家《や》とはくらべようもありません。

（いつか物語《ものがたり》のなかでもいいから、こんなすてきなところでくらしてみたい。）

式部《しきぶ》は家《いえ》にもどっても胸《むね》の高《たか》なりをおさえることができず、それからというもの、宮廷《きゅうてい》を舞台《ぶたい》にした物語《ものがたり》のあれこれを考《かんが》えずにはいられませんでした。ほかのむすめたちのように現実《げんじつ》の貴公子《きこうし》にあこがれたり、幸《しあわ》せな結婚《けっこん》をもとめるより、想像《そうぞう》の世界《せかい》で理想《りそう》の人《ひと》と恋《れん》愛《あい》するほうが好《す》きだったのです。

そんなわけで、式部《しきぶ》が藤原宣孝《ふじわらののぶたか》といいうずいぶんと年上《としうえ》の役人《やくにん》と結婚《けっこん》したのは三十さい前後《ぜんご》のことでした。しかし、結婚三年《けっこんさんねん》ほどで、宣孝《のぶたか》は病気《びょうき》にかかってなくなりました。のこされたひとりむすめをだきながら、どうやって生《い》きていけばよいのか、あれこれと考《かんが》えた式部《しきぶ》は若《わか》いころのようにまた物語《ものがたり》がかきたくなりました。妻《つま》となり、母《はは》となり、夫《おっと》をなくしたいま、人生《じんせい》や世《よ》の中《なか》のことについて少《すこ》しはわかるはずです。

（人《ひと》の心《こころ》をゆりうごかすには理想《りそう》の男性《だんせい》を主人公《しゅじんこう》にして、その男性《だんせい》を心《こころ》から愛《あい》する女《おんな》の物語《ものがたり》をかくことだ。）

そこで光源氏《ひかるげんじ》というすばらしい貴《き》公子《こうし》がさまざまな女性《じょせい》とくりひろげる美《うつく》しくもせつない恋物語《こいものがたり》をかくことにしたのです。

どの天皇《てんのう》のころかそれほど身分《みぶん》が高《たか》くないのに天皇《てんのう》から深《ふか》く愛《あい》されている桐壺更衣《きりつぼのこうい》とよばれている美《うつく》しい人《ひと》がいました。やがてこの更衣が皇子を生みました。その皇《おう》子《じ》こそが光源氏《ひかるげんじ》で、まさに光《ひか》りかがやくような貴公子《きこうし》でした。しかし桐壺更衣《きりつぼのこうい》はまわりの女《おんな》の人《ひと》たちからねたまれて病気《びょうき》になり、若《わか》くしてなくなってしまいます。やがて成人《せいじん》した光源氏《ひかるげんじ》は天皇《てんのう》の女御《にょうご》藤《ふじ》壺《つぼ》がなき母《はは》ににていることから恋《こい》しく思《おも》うようになり、さらにはさまざまな女性《じょせい》を好《す》きになっていくという『源氏物語《げんじものがたり》』をかきました。

『源氏物語《げんじものがたり》』はたちまち評判《ひょうばん》になり、女《おんな》の人《ひと》ばかりか男《おとこ》の人《ひと》も夢中《むちゅう》でよみました。中宮定子《ちゅうぐうていし》の父道隆《ちちみちたか》が病気《びょうき》でなくなり、あとをついだ弟《おとうと》の道長《みちなが》もそのひとりでした。道隆《みちたか》のように自分《じぶん》のむすめの彰子《しょうし》を一条天皇《いちじょうてんのう》のきさきにしました。道長《みちなが》は、定子《ていし》についていたすぐれた女官《にょかん》で、『枕《まくらの》草子《そうし》』をかいた清少納言《せいしょうなごん》のように、彰子《しょうし》にもゆたかな教養《きょうよう》のある女官《にょかん》をむかえたいと思《おも》い、紫《むらさき》式部《しきぶ》に白羽《しらは》の矢《や》をたてたのです。

こうして三十代《さんじゅうだい》なかばごろ、式部《しきぶ》は彰子《しょうし》の女官《にょかん》として宮廷《きゅうてい》にあがり、定子《ていし》に負《ま》けないきさきを育《そだ》てることになりました。式《しき》部《ぶ》は昼《ひる》は彰子《しょうし》のためにはたらき、夜《よる》になると『源氏物語《げんじものがたり》』をかきすすめました。宮廷《きゅうてい》につとめているおかげで、モデルになりそうな人《ひと》はまわりにたくさんいます。宮廷《きゅうてい》のできごとやようすが手《て》にとるようにわかります。

中宮《ちゅうぐう》になった彰子《しょうし》が身《み》ごもったというので道長《みちなが》はとびあがらんばかりによろこびました。その子《こ》が男《おとこ》であれば、自分《じぶん》も摂政《せっしょう》になれるからです。彰子《しょうし》はお産《さん》のため、宮廷《きゅうてい》から父《ちち》の屋敷《やしき》へ里《さと》がえりすることになりました。すると道《みち》長《なが》は式部《しきぶ》をよんでいいました。

「彰子《しょうし》のことや宮廷《きゅうてい》のことを記録《きろく》する日記《にっき》をかいてくれないか。」

「わかりました。わたしの思《おも》うとおりにかいてよろしいですか。」

「かまわない。彰子《しょうし》のようすがわかればいい。」

日記《にっき》は自分《じぶん》のためにかくものです。でも人《ひと》によまれる日記《にっき》となれば気《き》をぬくことができません。日記《にっき》といえば定子《ていし》の女官《にょかん》であった清《せい》少納言《しょうなごん》の随筆《ずいひつ》『枕草子《まくらのそうし》』が人気《にんき》で、式部《しきぶ》もすでによんでいました。宮廷《きゅうてい》で見《み》たりきいたり、経験《けいけん》したりしたことを思《おも》いつくままにかいたものですが、そのするどい観察力《かんさつりょく》とかんけつな文章《ぶんしょう》でかかれる自然《しぜん》や人生《じんせい》への思《おも》いは『源《げん》氏《じ》物語《ものがたり》』とはちがった味《あじ》わいがあります。

清少納言《せいしょうなごん》のほうが式部《しきぶ》より少《すこ》し年上《としうえ》ですが、おたがいにライバルとしてきそいあったらしく、式部《しきぶ》は『紫式部日記《むらさきしきぶにっき》』のなかでも、「自《じ》分《ぶん》が人《ひと》よりすぐれていることを見《み》せびらかす人間《にんげん》は、いつかぼろを出《だ》す。やたらと風流《ふうりゅう》ぶってみせても、まるで心《こころ》がこもっていない」など清少納言《せいしょうなごん》をきびしく批判《ひはん》しています。いつもひかえめで、教養《きょうよう》を見《み》せびらかすことのきらいな式部《しきぶ》だけに、その日記《にっき》は宮廷《きゅうてい》のすぐれた記録《きろく》としての価値《かち》がありそうです。

式部《しきぶ》は日記《にっき》をつけるかたわら『源氏《げんじ》物語《ものがたり》』にも力《ちから》をいれました。『源氏物語《げんじものがたり》』はひとつづきの長《なが》い物語《ものがたり》をそのまま筋《すじ》をおってかいたのではなく、それぞれの作品《さくひん》に巻名《かんめい》がついているように（作《さく》者《しゃ》でなく、あとで他人《たにん》がつけました）、一編一編《いっぺんいっぺん》をつみかさねて長編《ちょうへん》物語《ものがたり》にしあげています。光源氏《ひかるげんじ》の生涯《しょうがい》をかいた「桐壺《きりつぼ》」から「幻《まぼろし》」までの四十一巻《よんじゅういっかん》、罪《つみ》の子《こ》の運命《うんめい》を背《せ》おって生《う》まれてきた薫《かおる》の半生《はんせい》をかいた「匂宮《におうのみや》」から「夢浮橋《ゆめのうきはし》」までの十三巻《じゅうさんかん》をあわせて五十四巻《ごじゅうよんかん》、登《とう》場人物《じょうじんぶつ》はなんと五百人以上《ごひゃくにんいじょう》という大長《だいちょう》編物語《へんものがたり》です。

女性《じょせい》のかいたもっとも古《ふる》くて長《なが》い物《もの》語《がたり》というだけでなく、物語《ものがたり》といえば神《しん》話《わ》や伝説《でんせつ》が中心《ちゅうしん》であった時代《じだい》にもかかわらず、この世《よ》に生《い》きている人間《にんげん》をかく純粋《じゅんすい》な恋愛物語《れんあいものがたり》として現代《げんだい》の小説《しょうせつ》にも負《ま》けない魅力《みりょく》があります。

《いづ《ず》れの御時《おんとき》にか、女御《にょうご》、更衣《こうい》あまたさぶらひ《い》たまひ《い》ける中《なか》に、いとやむ《ん》ごとなき際《きわ》にはあらぬが、すぐれて時《とき》めきたまふ《う》ありけり。はじめより我《われ》はと思《おも》ひ《い》あがりたまへ《え》る御《おん》方々《かたがた》、めざましきものにおとしめそねみたま《も》ふ《う》。》

（どのみかどの時代《じだい》であったか、女《にょう》御《ご》や更衣《こうい》がたくさんおつかえしておられたなかに、たいした家柄《いえがら》ではないけれど、めだってみかどに深《ふか》く愛《あい》されている人《ひと》がいました。宮《みや》づかえのはじめから自分《じぶん》こそはみかどから愛《あい》されると自負《じふ》していた人《ひと》たちは、この人《ひと》を目《め》にあまるものとしてさげすんだりにくんだりします。）

これは『源氏物語《げんじものがたり》』の冒頭《ぼうとう》のところです。子《こ》どもには少《すこ》しむずかしいけれど、大《おお》きくなればいつかよんでください。声《こえ》に出《だ》してよめば紫式部《むらさきしきぶ》ならではの洗練《せんれん》された文章《ぶんしょう》のここちよいリズムを感《かん》じることができます。

さて『源氏物語《げんじものがたり》』の評判《ひょうばん》は日《ひ》に日《ひ》に高《たか》まり、男《おとこ》も女《おんな》も顔《かお》をあわせればこの物語《ものがたり》に登場《とうじょう》する人物《じんぶつ》について話《はな》しあい、だれがモデルかをさぐりました。紫式部《むらさきしきぶ》は『源氏物語《げんじものがたり》』をかきあげたあと、宮廷《きゅうてい》をはなれ、仏《ほとけ》に手《て》をあわせひとりしずかにくらしたそうですが、清少納言《せいしょうなごん》とおなじく、いつ生《う》まれ、最後《さいご》はどうなったのかよくわかっていません。一条天皇《いちじょうてんのう》がなくなったあとも彰子《しょうし》につかえ、四十五さいくらいでなくなったともいわれています。

紫式部《むらさきしきぶ》って どんな人《ひと》？

『源氏物語《げんじものがたり》』をかいた平安時代《へいあんじだい》の作家《さっか》、紫式部《むらさきしきぶ》はどんな人《ひと》なのでしょうか？

おさないころの紫式部《むらさきしきぶ》

紫式部《むらさきしきぶ》は、平安時代《へいあんじだい》のなかごろ、貴族《きぞく》の藤原為時《ふじわらのためとき》のむすめとして生《う》まれました。いつ生《う》まれたのか、正確《せいかく》にはわかっていませんが、おそらく九七〇年《ねん》ごろとされています。

母親《ははおや》は貴族《きぞく》の家《いえ》がらで、紫式部《むらさきしきぶ》がおさないころになくなりました。父親《ちちおや》の為時《ためとき》は、身分《みぶん》はそれほど高《たか》くありませんでしたが、学問《がくもん》にすぐれ、若《わか》いころに皇太子《こうたいし》に勉強《べんきょう》を教《おし》えたこともある人《ひと》です。曾祖父《そうそふ》の藤原兼輔《ふじわらのかねすけ》（堤中納言《つつみちゅうなごん》）やおじの藤原為頼《ふじわらのためより》は、有名《ゆうめい》な歌人《かじん》でした。

紫式部《むらさきしきぶ》も小《ちい》さいころから漢学《かんがく》（中国《ちゅうごく》の学問《がくもん》）や和歌《わか》が得意《とくい》で、弟《おとうと》が漢詩《かんし》（中国《ちゅうごく》の詩《し》）を勉強《べんきょう》していると、弟《おとうと》よりもはやくおぼえてしまうので、父親《ちちおや》は「この子《こ》が男《おとこ》の子《こ》ならよかったのに」となげいたといわれています。当時《とうじ》、女性《じょせい》の身分《みぶん》は低《ひく》く、男性中心《だんせいちゅうしん》の社会《しゃかい》だったため、男性《だんせい》なら出世《しゅっせ》して活躍《かつやく》できたのにという意味《いみ》です。

紫式部《むらさきしきぶ》の生《う》まれた年《とし》、なくなった年《とし》ははっきりしていない。
（「紫式部図《むらさきしきぶず》」　土佐光起《とさみつおき》　江戸時代《えどじだい》　石山寺所蔵《いしやまでらしょぞう》）

豆《まめ》ちしき　紫式部《むらさきしきぶ》の本名《ほんみょう》

紫《むらさき》式部《しきぶ》という名前《なまえ》は本名《ほんみょう》ではなく、父親《ちちおや》が式部省《しきぶしょう》（いまの文部科学省《もんぶかがくしょう》にあたる役所《やくしょ》）の役人《やくにん》だったことからつけられた、宮廷《きゅうてい》でのよび名《な》です。当時《とうじ》、女性《じょせい》については正式《せいしき》な記録《きろく》がのこされることはあまりなく、本名《ほんみょう》はわからないことが多《おお》かったのです。紫式部《むらさきしきぶ》は、藤原氏《ふじわらし》の出身《しゅっしん》であることから、はじめ藤式部《とうしきぶ》とよばれていました。のちに『源氏物語《げんじものがたり》』が評判《ひょうばん》になり、その登場人物《とうじょうじんぶつ》「紫《むらさき》の上《うえ》」の名《な》にちなんで、紫式部《むらさきしきぶ》とよばれるようになったともいわれています。

結婚《けっこん》と夫《おっと》の死《し》

九九六年《ねん》に父親《ちちおや》の藤原為時《ふじわらのためとき》は、淡路国《あわじのくに》（兵庫県《ひょうごけん》）の国司《こくし》に任命《にんめい》されますが、淡路国《あわじのくに》は実《みの》りの少《すく》ない国《くに》であったため、為時《ためとき》はこれを不満《ふまん》に思《おも》い、天皇《てんのう》に手紙《てがみ》をかいてうったえました。為時《ためとき》の手紙《てがみ》に胸《むね》を打《う》たれた天皇《てんのう》は、為時《ためとき》をゆたかな越前国《えちぜんのくに》（福井県《ふくいけん》）の国司《こくし》に任命《にんめい》します。紫式部《むらさきしきぶ》も父親《ちちおや》について、京《きょう》の都《みやこ》をはなれ越前国《えちぜんのくに》に行《い》きました。二《に》十代後半《じゅうだいこうはん》のころのことです。

福井県《ふくいけん》には、紫式部《むらさきしきぶ》がくらしたことを記念《きねん》した、紫式部公園《むらさきしきぶこうえん》がある。

二年後《にねんご》の九九八年《ねん》、紫式部《むらさきしきぶ》はひとりで都《みやこ》にもどり、藤原宣孝《ふじわらののぶたか》という貴族《きぞく》と結婚《けっこん》しました。紫式部《むらさきしきぶ》よりも十五さいほど年上《としうえ》だったとされています。

翌年《よくとし》、ふたりのあいだにむすめ賢子《けんし》が生《う》まれました。ところが、その二年《にねん》後《ご》の一〇〇一年《ねん》、宣孝《のぶたか》は病気《びょうき》で突然《とつぜん》なくなってしまいました。そのころ流行《りゅうこう》していた疫病《えきびょう》が原因《げんいん》ではないかと考《かんが》えられています。

『源氏物語《げんじものがたり》』をかきはじめる

夫《おっと》がなくなったころ、紫式部《むらさきしきぶ》は物《もの》語《がたり》をかきはじめたといわれています。それが『源氏物語《げんじものがたり》』です。『源氏物語《げんじものがたり》』は、天皇《てんのう》のむすこ光源氏《ひかるげんじ》を中心《ちゅうしん》とした恋愛物語《れんあいものがたり》です。しだいに『源氏物語《げんじものがたり》』は、貴族《きぞく》のあいだで評判《ひょうばん》になり、天皇《てんのう》や天皇《てんのう》のきさきにもよまれるようになりました。

そうしたなか、一〇〇五年《ねん》ごろに、紫式部《むらさきしきぶ》は、天皇《てんのう》のきさきにつかえる女房《にょうぼう》となるよう、宮廷《きゅうてい》からまねかれます。

『源氏物語《げんじものがたり》』に絵《え》をつけた『源氏物語絵巻《げんじものがたりえまき》』。（『源氏物語絵巻《げんじものがたりえまき》』「夕霧《ゆうぎり》」　12世紀《せいき》　五島美術館所蔵《ごとうびじゅつかんしょぞう》）

宮《みや》づかえ

当時《とうじ》、貴族《きぞく》たちは自分《じぶん》の地位《ちい》を高《たか》めるために、むすめを天皇《てんのう》のきさきにしました。天皇《てんのう》には正式《せいしき》なきさき・皇后《こうごう》の下《した》に、中宮《ちゅうぐう》、女御《にょうご》、更衣《こうい》と位《くらい》のちがうきさきがなん人《にん》もいました。貴族《きぞく》たちは、自分《じぶん》のむすめが天皇《てんのう》に気《き》にいられるように、学問《がくもん》にすぐれた女性《じょせい》を家庭教師《ていきょうし》として大勢《おおぜい》つかえさせ、教養《きょうよう》を身《み》につけさせました。そのころ、一条《いちじょう》天皇《てんのう》のきさきには、藤原道隆《ふじわらのみちたか》のむすめ定子《ていし》がいて、天皇《てんのう》の愛情《あいじょう》をうけていました。定子《ていし》には『枕草子《まくらのそうし》』をかいた清少納言《せいしょうなごん》もつかえていました。定子《ていし》に対抗《たいこう》して、藤原道長《ふじわらのみちなが》は、天皇《てんのう》にとつがせた自分《じぶん》のむすめ彰子《しょうし》に、宮廷《きゅうてい》で評判《ひょうばん》になっていた『源氏物語《げんじものがたり》』の作者《さくしゃ》、紫式部《むらさきしきぶ》をつかえさせようとしたのです。

紫式部《むらさきしきぶ》は宮《みや》づかえ（宮廷《きゅうてい》につかえること）にあまり気《き》が進《すす》まなかったようですが、彰子《しょうし》に漢文《かんぶん》を教《おし》えるなどして、彰子《しょうし》や道長《みちなが》に気《き》にいられました。また、宮廷《きゅうてい》のくらしを実際《じっさい》に見《み》ることは、『源氏物語《げんじものがたり》』をかきすすめるうえで役《やく》にたったといいます。

屋敷《やしき》で天皇《てんのう》の訪問《ほうもん》にそなえる藤原道長《ふじわらのみちなが》。
（『紫式部日記絵詞《むらさきしきぶにっきえことば》　第五段《だいごだん》』　鎌倉時代《かまくらじだい》　藤田美術館所蔵《ふじたびじゅつかんしょぞう》）

『紫式部日記《むらさきしきぶにっき》』をかく

一〇〇八年《ねん》、彰子《しょうし》が一条天皇《いちじょうてんのう》の子《こ》どもを妊娠《にんしん》しました。よろこんだ藤原道《ふじわらのみち》長《なが》は、紫式部《むらさきしきぶ》に、彰子《しょうし》の出産《しゅっさん》にかかわるできごとなどを日記《にっき》として記録《きろく》するよう命《めい》じました。

こうして紫式部《むらさきしきぶ》は、彰子《しょうし》の出産《しゅっさん》を中心《ちゅうしん》に、宮廷《きゅうてい》でのできごとや自分《じぶん》の考《かんが》えを日記《にっき》としてかきました。これが『紫式部日記《むらさきしきぶにっき》』です。

『紫式部日記《むらさきしきぶにっき》』は、平安時代《へいあんじだい》の習慣《しゅうかん》や儀式《ぎしき》、貴族《きぞく》のくらしのことなどがこまかくかかれていて、当時《とうじ》のようすを知《し》ることができる貴重《きちょう》な資料《しりょう》にもなっています。また、紫式部《むらさきしきぶ》が、ほかの女房《にょうぼう》たちや宮《みや》づかえについてどう思《おも》っていたかなどもかかれていて、紫式《むらさきしき》部《ぶ》の人《ひと》がらを知《し》ることもできます。

やがて、彰子《しょうし》は無事《ぶじ》に男《おとこ》の子《こ》を生《う》みました。男《おとこ》の子《こ》は天皇《てんのう》になることができ自分《じぶん》の出世《しゅっせ》につながるため、道長《みちなが》はとてもよろこびました。道長《みちなが》の屋敷《やしき》で出産《しゅっさん》した彰子《しょうし》は、宮廷《きゅうてい》にかえるときに、清書《せいしょ》して本《ほん》にした『源氏物語《げんじものがたり》』を一条天皇《いちじょうてんのう》へのおみやげにしたといいます。

一〇一一年《ねん》、一条天皇《いちじょうてんのう》が病気《びょうき》でなくなります。紫式部《むらさきしきぶ》は、その後《ご》まもなく宮《みや》づかえをやめたともいわれていますが、くわしいことはわかっていません。

紫式部《むらさきしきぶ》がいつなくなったのかもはっきりしていません。一〇一四年《ねん》に、父親《ちちおや》の為時《ためとき》が任期《にんき》のとちゅうで越後国《えちごのくに》（新潟県《にいがたけん》）の国司《こくし》をやめ、都《みやこ》にもどってきた記録《きろく》があるため、このころになくなったのではないかともいわれています。

紫式部《むらさきしきぶ》がなくなったあとも、現在《げんざい》にいたるまで『源氏物語《げんじものがたり》』は多《おお》くの人《ひと》によみつがれています。

左《ひだり》は彰子《しょうし》とその子《こ》ども。下《した》は皇太子《こうたいし》の誕生《たんじょう》をよろこぶ藤原道長《ふじわらのみちなが》。
（『紫式部日記絵巻断簡《むらさきしきぶにっきえまきだんかん》』　鎌倉時代《かまくらじだい》　東京国立博物館所蔵《とうきょうこくりつはくぶつかんしょぞう》）（Image：TNM Image Archives）

豆《まめ》ちしき

清少納言《せいしょうなごん》と紫式部《むらさきしきぶ》

清少納言《せいしょうなごん》（九六六？～一〇二五年《ねん》？）は、紫式部《むらさきしきぶ》より少《すこ》し前《まえ》に宮《みや》づかえをしていました。時期《じき》がずれているため、ふたりが実際《じっさい》に顔《かお》をあわせたことはないようです。しかし、紫式部《むらさきしきぶ》は、『枕草子《まくらのそうし》』をかいて有名《ゆうめい》になっていた清少納言《せいしょうなごん》をライバルと思《おも》っていたともいわれています。紫式部《むらさきしきぶ》は清少納言《せいしょうなごん》について「りこうぶって漢字《かんじ》をかいているが、よく見《み》るとまちがいが多《おお》い。こういう人《ひと》はきっとよい最後《さいご》をむかえられないだろう」と批判《ひはん》しています。

ふたりの歌《うた》は、ともに小倉百人一首《おぐらひゃくにんいっしゅ》にえらばれています。

清少納言《せいしょうなごん》の歌《うた》

夜《よ》をこめて鳥《とり》のそら音《ね》は
はかるとも
よに逢坂《おうさか》の関《せき》はゆるさじ

紫式部《むらさきしきぶ》の歌《うた》

めぐりあひ《い》て見《み》しやそれとも
わかぬまに
雲《くも》がくれにし夜半《よわ》の月《つき》かな

紫式部《むらさきしきぶ》がかいた『源氏物語《げんじものがたり》』

『源氏物語《げんじものがたり》』にはなにがえがかれ、どのように人《ひと》びとによまれてきたのか見《み》てみましょう。

『源氏物語《げんじものがたり》』のあらすじ

『源氏物語《げんじものがたり》』は、全五十四帖《ぜんごじゅうよんじょう》（巻《かん》）で、五百人《ごひゃくにん》もの人物《じんぶつ》が登場《とうじょう》する、長大《ちょうだい》な物語《ものがたり》です。天皇家《てんのうけ》に生《う》まれた主人公《しゅじんこう》光源氏《ひかるげんじ》の人生《じんせい》を中心《ちゅうしん》に、宮廷《きゅうてい》でのできごとや、人《ひと》びとの恋愛《れんあい》もようをえがいています。

内容《ないよう》はつぎのように、大《おお》きく三《みっ》つにわけることができます。

◆第一部《だいいちぶ》（桐壺《きりつぼ》～藤裏葉《ふじのうらば》）

多《おお》くのきさきのなかで、天皇《てんのう》にひときわ愛《あい》された桐壺更衣《きりつぼのこうい》は、ほかのきさきたちにねたまれて病気《びょうき》になり、ひとりの皇子《おうじ》をのこしてなくなった。皇子《おうじ》は美《うつく》しく成長《せいちょう》するが、天皇《てんのう》にならずに源氏《げんじ》の姓《せい》をさずかり、光源氏《ひかるげんじ》とよばれるようになる。

光源氏《ひかるげんじ》は葵《あおい》の上《うえ》と結婚《けっこん》するが、父《ちち》の新《あたら》しいきさき藤壺《ふじつぼ》と恋《こい》をし、なやみ苦《くる》しむ。そんななか、藤壺《ふじつぼ》ににた少女《しょうじょ》、紫《むらさき》の上《うえ》を引《ひ》きとって育《そだ》て、きさきとした。その後《ご》、対立《たいりつ》する大臣《だいじん》の力《ちから》が強《つよ》くなり、光源氏《ひかるげんじ》は都《みやこ》をはなれるが、翌年《よくとし》、都《みやこ》によびもどされ、出世《しゅっせ》してふたたびはなやかなくらしをおくるようになった。

◆第二部《だいにぶ》（若菜上《わかなじょう》～幻《まぼろし》）

光源氏《ひかるげんじ》は、女三《おんなさん》の宮《みや》を新《あたら》しくきさきにむかえる。しかし、柏木《かしわぎ》が女三《おんなさん》の宮《みや》に恋《こい》をして、ふたりのあいだに子《こ》どもが生《う》まれ、光源氏《ひかるげんじ》は苦《くる》しむ。さらに、最愛《さいあい》の妻《つま》、紫《むらさき》の上《うえ》が病死《びょうし》したことに深《ふか》くかなしみ、出家《しゅっけ》することを決意《けつい》した。

女三《おんなさん》の宮《みや》が出家《しゅっけ》をねがいでる場面《ばめん》。左《ひだり》が女三《おんなさん》の宮《みや》、中央《ちゅうおう》が光源氏《ひかるげんじ》の兄《あに》の朱雀院《すざくいん》、中央下《ちゅうおうした》が光源氏《ひかるげんじ》。
（『源氏物語絵巻《げんじものがたりえまき》』「柏木《かしわぎ》」　12世紀《せいき》　徳川美術館所蔵《とくがわびじゅつかんしょぞう》）

◆第三部《だいさんぶ》（匂宮《におうのみや》〜夢浮橋《ゆめのうきはし》）

光源氏《ひかるげんじ》の子《こ》として育《そだ》てられた薫《かおる》（ほんとうの父《ちち》は柏木《かしわぎ》）と、光源氏《ひかるげんじ》の孫《まご》匂宮《におうのみや》の人生《じんせい》をえがく。薫《かおる》と匂宮《におうのみや》は浮舟《うきふね》という女性《じょせい》を好《す》きになる。ふたりのあいだで苦《くる》しむ浮舟《うきふね》は、自殺《じさつ》をはかるが、助《たす》けられ出家《しゅっけ》してしまう。浮舟《うきふね》が生《い》きていることを知《し》った薫《かおる》は、手紙《てがみ》をおくるが、浮舟《うきふね》はあおうとしなかった。

「浮舟《うきふね》」の一場面《いちばめん》。宇治川《うじがわ》をながめる浮舟《うきふね》（奥《おく》）と、薫《かおる》（手前《てまえ》）。
（『源氏絵鑑帖《げんじえかがみちょう》』巻五十一《かんごじゅういち》　浮舟《うきふね》　伝土佐光則《でんとさみつのり》　江戸時代《えどじだい》　宇治市源氏物語《うじしげんじものがたり》ミュージアム所蔵《しょぞう》）

よみつがれる『源氏物語《げんじものがたり》』

平安時代《へいあんじだい》には印刷技術《いんさつぎじゅつ》がなかったため、『源氏物語《げんじものがたり》』は、手《て》でかきうつした本《ほん》の貸《か》し借《か》りや、よみきかせなどで、広《ひろ》まっていったといいます。現在《げんざい》では、二十《にじっ》か国以上《こくいじょう》で翻訳出版《ほんやくしゅっぱん》され、日本《にほん》を代表《だいひょう》する文学作品《ぶんがくさくひん》として、世界《せかい》で高《たか》く評価《ひょうか》されています。

『源氏物語《げんじものがたり》』には、人《ひと》を愛《あい》する複雑《ふくざつ》な感情《かんじょう》や、人生《じんせい》のよろこびとかなしみなどが深《ふか》くえがかれています。また、平安時代《へいあんじだい》の宮廷《きゅうてい》のようす、貴族《きぞく》の習慣《しゅうかん》や文化《ぶんか》などを知《し》ることができる貴重《きちょう》な資料《しりょう》でもあります。平安時代末《へいあんじだいまつ》につくられた『源氏物語絵巻《げんじものがたりえまき》』は、物語《ものがたり》に絵《え》がつけられたもので、平安時代《へいあんじだい》の服装《ふくそう》や家《いえ》のようすを見《み》ることができます。

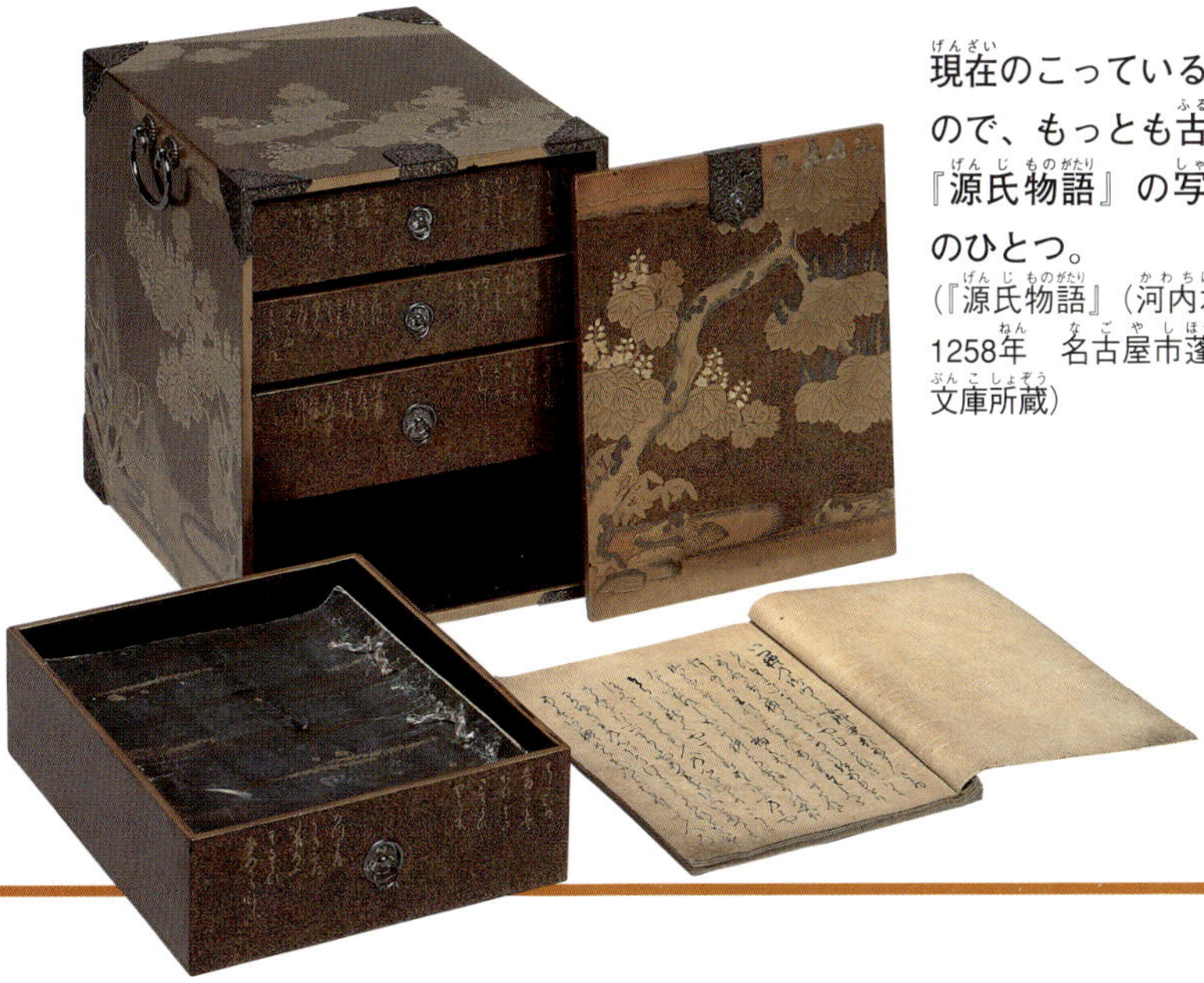

現在《げんざい》のこっているもので、もっとも古《ふる》い『源氏物語《げんじものがたり》』の写本《しゃほん》のひとつ。
（『源氏物語《げんじものがたり》』（河内本《かわちぼん》）1258年《ねん》　名古屋市蓬左《なごやしほうさ》文庫所蔵《ぶんこしょぞう》）

源氏物語全《げんじものがたりぜん》54帖《じょう》

1	桐壺《きりつぼ》	28	野分《のわき》
2	帚木《ははきぎ》	29	行幸《みゆき》
3	空蝉《うつせみ》	30	藤袴《ふじばかま》
4	夕顔《ゆうがお》	31	真木柱《まきばしら》
5	若紫《わかむらさき》	32	梅枝《うめがえ》
6	末摘花《すえつむはな》	33	藤裏葉《ふじのうらば》
7	紅葉賀《もみじのが》	34	若菜上《わかなじょう》
8	花宴《はなのえん》	35	若菜下《わかなげ》
9	葵《あおい》	36	柏木《かしわぎ》
10	賢木《さかき》	37	横笛《よこぶえ》
11	花散里《はなちるさと》	38	鈴虫《すずむし》
12	須磨《すま》	39	夕霧《ゆうぎり》
13	明石《あかし》	40	御法《みのり》
14	澪標《みおつくし》	41	幻《まぼろし》
15	蓬生《よもぎう》	42	匂宮《におうのみや》
16	関屋《せきや》	43	紅梅《こうばい》
17	絵合《えあわせ》	44	竹河《たけかわ》
18	松風《まつかぜ》	45	橋姫《はしひめ》
19	薄雲《うすぐも》	46	椎本《しいがもと》
20	朝顔《あさがお》	47	総角《あげまき》
21	少女《おとめ》	48	早蕨《さわらび》
22	玉鬘《たまかずら》	49	宿木《やどりぎ》
23	初音《はつね》	50	東屋《あずまや》
24	胡蝶《こちょう》	51	浮舟《うきふね》
25	蛍《ほたる》	52	蜻蛉《かげろう》
26	常夏《とこなつ》	53	手習《てならい》
27	篝火《かがりび》	54	夢浮橋《ゆめのうきはし》

紫式部《むらさきしきぶ》が生《い》きた 平安時代《へいあんじだい》

平安時代《へいあんじだい》には、貴族《きぞく》が権力《けんりょく》をもち、日本独自《にほんどくじ》の文化《ぶんか》が生《う》まれました。

貴族《きぞく》の平安時代《へいあんじだい》

七九四年《ねん》、桓武天皇《かんむてんのう》が政治《せいじ》をたてなおすために、都《みやこ》を京都《きょうと》にうつしました。この都《みやこ》を平安京《へいあんきょう》といい、平安京《へいあんきょう》で政治《せいじ》がおこなわれた約四百年《やくよんひゃくねん》のあいだを平安時代《へいあんじだい》とよびます。

平安時代《へいあんじだい》には、貴族《きぞく》の藤原氏《ふじわらし》が、むすめを天皇《てんのう》のきさきに、その子《こ》どもを天皇《てんのう》にして、勢力《せいりょく》をのばしていきました。天皇《てんのう》がおさないときには摂政《せっしょう》、成長《せいちょう》すると関白《かんぱく》という職《しょく》について、天皇《てんのう》を補佐《ほさ》して政治《せいじ》の実権《じっけん》をにぎったのです。なかでも藤原道長《ふじわらのみちなが》は、太政大臣《だいじょうだいじん》（朝廷《ちょうてい》でもっとも位《くらい》の高《たか》い官職《かんしょく》）にまでのぼりつめました。

貴族《きぞく》たちは、広《ひろ》い敷地《しきち》の中央《ちゅうおう》に、寝殿《しんでん》とよばれる母屋《おもや》をかまえる寝殿造《しんでんづくり》の屋敷《やしき》でくらし、囲碁《いご》やけまり（まりを落《お》とさないようにけりあうあそび）などであそんだり、和歌《わか》をよんだり、楽器《がっき》をかなでたりしました。

また、季節《きせつ》ごとにさまざまな儀式《ぎしき》や行事《ぎょうじ》がありました。

藤原氏《ふじわらし》の邸宅東三条殿《ていたくとうさんじょうでん》の屋敷《やしき》の復元模型《ふくげんもけい》。
（国立歴史民俗博物館所蔵《こくりつれきしみんぞくはくぶつかんしょぞう》）

寝殿《しんでん》の内部《ないぶ》（復元《ふくげん》）。
（国立歴史民俗博物館所蔵《こくりつれきしみんぞくはくぶつかんしょぞう》）

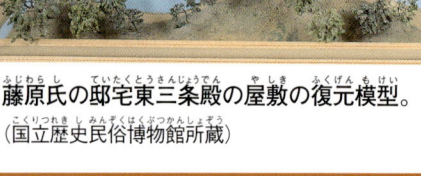

平安時代《へいあんじだい》の貴族女《きぞくじょ》性《せい》の服装《ふくそう》。色《いろ》ちがいの衣《ころも》をかさねて着《き》る十二単《じゅうにひとえ》。（風俗博物館《ふうぞくはくぶつかん》所蔵《しょぞう》）

毎年《まいとし》2月《がつ》と8月《がつ》に宮廷《きゅうてい》でおこなわれた読経《どきょう》の行事《ぎょうじ》（復元模型《ふくげんもけい》）。（風俗博物館所蔵《ふうぞくはくぶつかんしょぞう》）

国風文化《こくふうぶんか》

平安時代《へいあんじだい》のはじめ、日本《にほん》は、唐《とう》（中国《ちゅうごく》）に遣唐使《けんとうし》をおくり、文化《ぶんか》や政治《せいじ》を学《まな》んでいました。しかし、唐《とう》がおとろえたため、八九四年《ねん》に遣唐使《けんとうし》は中止《ちゅうし》されました。その後《ご》、平安時代《へいあんじだい》の貴族《きぞく》たちは、唐《とう》の文化《ぶんか》をもとにして、日本人《にほんじん》の生活《せいかつ》やこのみにあわせた独自《どくじ》の文化《ぶんか》を発展《はってん》させました。これを国風文化《こくふうぶんか》とよびます。

それまでの絵《え》は、中国《ちゅうごく》の絵《え》をまねていましたが、平安時代《へいあんじだい》のなかごろから、日本《にほん》の四季《しき》や行事《ぎょうじ》、名所《めいしょ》などを、当時《とうじ》の日本人《にほんじん》のこのみにあわせてえがく、大和絵《やまとえ》があらわれました。大和絵《やまとえ》は、屏風《びょうぶ》や障子《しょうじ》にえがかれたり、物語《ものがたり》のさし絵《え》としてえがかれたりしました。

漢字《かんじ》を変形《へんけい》して、日本独自《にほんどくじ》の文字《もじ》、かな文字《もじ》（ひらがなとカタカナ）がつくられたのも平安《へいあん》時代《じだい》です。

ひらがなは、漢字《かんじ》にくらべかんたんでおぼえやすく、日本語《にほんご》をかきあらわすのに適《てき》していました。おもに女性《じょせい》につかわれ、ひらがなでかかれた文学《ぶんがく》も多《おお》く生《う》まれました。

代表的《だいひょうてき》な作品《さくひん》には『源氏物語《げんじものがたり》』や『枕草子《まくらのそうし》』のほか、『古今和歌集《こきんわかしゅう》』『土《と》佐日記《さにっき》』『和泉式部日記《いずみしきぶにっき》』などがあります。

ひらがなとカタカナ

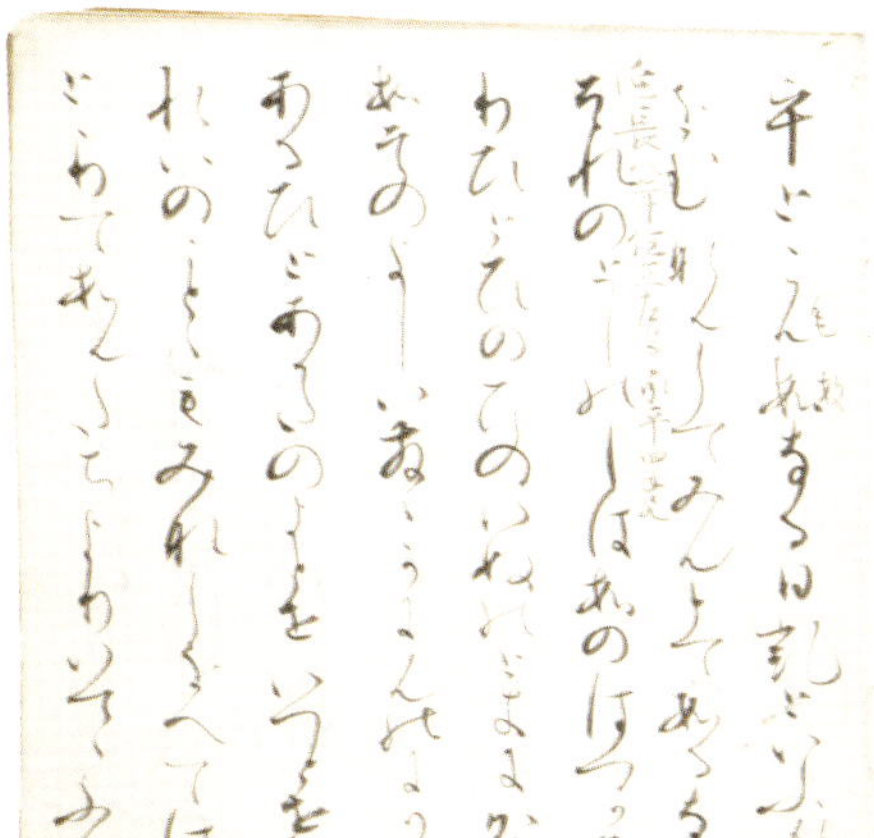

左《ひだり》は、平安時代《へいあんじだい》の歌人《かじん》、紀貫之《きのつらゆき》がひらがなでかいた『土佐《とさ》日記《にっき》』。

（『土左日記《とさにっき》』（藤原為家筆《ふじわらのためいえひつ》）1236年《ねん》　大阪青山歴史文学博物館所蔵《おおさかあおやまれきしぶんがくはくぶつかんしょぞう》）

もっと知《し》りたい！ 紫式部《むらさきしきぶ》

紫式部《むらさきしきぶ》や『源氏物語《げんじものがたり》』にかかわる展示《てんじ》がある博物館《はくぶつかん》や、ゆかりの場所《ばしょ》、本《ほん》などを紹介《しょうかい》します。

資料館《しりょうかん》 博物館《はくぶつかん》
史跡《しせき》 遺跡《いせき》
平安時代《へいあんじだい》についてかかれた本《ほん》

宇治市源氏物語《うじしげんじものがたり》ミュージアム

『源氏物語《げんじものがたり》』の後半十帖《こうはんじゅうじょう》の舞台《ぶたい》、宇治《うじ》にある博物館《はくぶつかん》。復元模型《ふくげんもけい》や映像《えいぞう》で、『源氏物語《げんじものがたり》』や平安時代《へいあんじだい》について解説《かいせつ》している。

〒611-0021
京都府宇治市宇治東内《きょうとふうじしうじひがしうち》45-26
☎0774-39-9300
http://www.uji-genji.jp/

『源氏物語《げんじものがたり》』の世界《せかい》を再現《さいげん》した展示《てんじ》。
（写真提供《しゃしんていきょう》：宇治市源氏物語《うじしげんじものがたり》ミュージアム）

徳川美術館《とくがわびじゅつかん》

現在《げんざい》のこされている、もっとも古《ふる》い『源氏物語絵巻《げんじものがたりえまき》』のうち「蓬生《よもぎう》」「柏木《かしわぎ》」「竹河《たけかわ》」「橋姫《はしひめ》」などを所蔵《しょぞう》・展示《てんじ》している。

〒461-0023
愛知県名古屋市東区徳川町《あいちけんなごやしひがしくとくがわちょう》1017
☎052-935-6262
http://www.tokugawa-art-museum.jp/

風俗博物館《ふうぞくはくぶつかん》

当時《とうじ》の貴族《きぞく》の生活《せいかつ》を知《し》るため、光源氏《ひかるげんじ》の邸宅六條院《ていたくろくじょういん》の模型《もけい》や、平安時代《へいあんじだい》の行事《ぎょうじ》のようすを展示《てんじ》している。

〒600-8468
京都府京都市下京区新花屋町通堀川東《きょうとふきょうとししもぎょうくしんはなやちょうどおりほりかわひがし》入《い》る（井筒法衣店《いづつほういてん》5階《かい》）
☎075-342-5345
http://www.iz2.or.jp/

六條院《ろくじょういん》の模型展示《もけいてんじ》。

石山寺《いしやまでら》

紫式部《むらさきしきぶ》が『源氏物語《げんじものがたり》』をかきはじめたといわれる寺《てら》。春《はる》と秋《あき》に、紫式部《むらさきしきぶ》と『源氏物語《げんじものがたり》』にちなんだ展示《てんじ》をおこなっている。

〒520-0861
滋賀県大津市石山寺《しがけんおおつしいしやまでら》1-1-1
☎077-537-0013
http://www.ishiyamadera.or.jp/

紫式部《むらさきしきぶ》がつかったとされる部屋《へや》は「源氏《げんじ》の間《ま》」として保存《ほぞん》されている。

『源氏物語《げんじものがたり》』上《じょう》・下《げ》（21世紀版《せいきばん》少年少女古典文学館《しょうねんしょうじょこてんぶんがくかん》）

著《ちょ》／瀬戸内寂聴《せとうちじゃくちょう》
講談社《こうだんしゃ》 2009年《ねん》

子《こ》どもむけによみやすくした『源氏物語《げんじものがたり》』。用語解説《ようごかいせつ》もついている。

さくいん・用語解説《ようごかいせつ》

葵《あおい》の上《うえ》……26
淡路国《あわじのくに》……23
囲碁《いご》……28
和泉式部日記《いずみしきぶにっき》……29
▼和泉式部《いずみしきぶ》と冷泉天皇《れいぜいてんのう》の第四皇子《だいよんおうじ》敦道《あつみち》親王《しんのう》との恋《こい》についてかかれた物語風《ものがたりふう》の日記《にっき》。作者《さくしゃ》ははっきりとはわかっていない。和泉式部《いずみしきぶ》は、平安時代《へいあんじだい》の有名《ゆうめい》な歌人《かじん》で、彰子《しょうし》につかえた。
一条天皇《いちじょうてんのう》……24、25
浮舟《うきふね》……27
越後国《えちごのくに》……25
越前国《えちぜんのくに》……23
小倉百人一首《おぐらひゃくにんいっしゅ》……25
▼鎌倉時代《かまくらじだい》初期《しょき》にできた和歌集《わかしゅう》で、藤《ふじ》原定家《わらのさだいえ》が、百人《ひゃくにん》の歌人《かじん》のすぐれた和《わ》歌《か》を一首《いっしゅ》ずつえらんだ歌集《かしゅう》。
女三の宮《おんなさんのみや》……26
薫《かおる》……27
柏木《かしわぎ》……26、27
かな文字《もじ》……29
関白《かんぱく》……28
桓武天皇《かんむてんのう》……28
貴族《きぞく》……22、23、24、27、28、29
▼天皇《てんのう》から高《たか》い位《くらい》をあたえられた一族《いちぞく》。平安京《へいあんきょう》の人口約十五万人《じんこうやくじゅうごまんにん》のうち、貴《き》族《ぞく》は百五十人《ひゃくごじゅうにん》ほどだったとされ、貴《き》族《ぞく》のなかでも身分《みぶん》の上下《じょうげ》があった。
桐壺《きりつぼ》……26
けまり……28
賢子《けんし》……23
源氏物語《げんじものがたり》……22、23、24、25、26、27、29
遣唐使《けんとうし》……29
更衣《こうい》……24
皇后《こうごう》……24
古今和歌集《こきんわかしゅう》……29
▼平安時代《へいあんじだい》につくられた、日本《にほん》で最初《さいしょ》の勅撰和歌集《ちょくせんわかしゅう》（天皇《てんのう》の命令《めいれい》でつくられた和歌集《わかしゅう》）。醍醐天皇《だいごてんのう》の命令《めいれい》で、紀《きの》友則《とものり》、紀貫之《きのつらゆき》らがまとめた。天皇《てんのう》から下級役人《かきゅうやくにん》、僧侶《そうりょ》など、およそ百三《ひゃくさん》十人《じゅうにん》がよんだ千百十一首《せんひゃくじゅういっしゅ》の歌《うた》がおさめられている。
国司《こくし》……23、25
▼国《くに》ごとに朝廷《ちょうてい》から派遣《はけん》された役人《やくにん》。
国風文化《こくふうぶんか》……29
式部省《しきぶしょう》……22
彰子《しょうし》……24、25
寝殿造《しんでんづくり》……28
清少納言《せいしょうなごん》……24、25
摂政《せっしょう》……28
中宮《ちゅうぐう》……24
定子《ていし》……24
唐《とう》……29
土佐日記《とさにっき》……29
▼紀貫之《きのつらゆき》が土佐《とさ》から京都《きょうと》までの五十五《ごじゅうご》日《にち》にわたる旅《たび》のようすをしるした、日本《にほん》で最初《さいしょ》のかな文字《もじ》の日記《にっき》。九三五年《ねん》ごろにかかれた。当時《とうじ》、男性《だんせい》は漢字《かんじ》、女性《じょせい》はひらがなをつかうことが一般的《いっぱんてき》だったため、紀貫之《きのつらゆき》は、女《じょ》性《せい》のふりをして『土佐日記《とさにっき》』をかいた。
匂宮《におうのみや》……27
女御《にょうご》……24
女房《にょうぼう》……23、24
▼宮廷《きゅうてい》につかえた女性《じょせい》。独立《どくりつ》した部屋《へや》（房《ぼう》）をあたえられたことから女房《にょうぼう》とよばれた。
光源氏《ひかるげんじ》……23、26、27
藤原兼輔《ふじわらのかねすけ》（堤中納言《つつみちゅうなごん》）……22
藤原為時《ふじわらのためとき》……22、23、25
藤原為頼《ふじわらのためより》……22
藤原宣孝《ふじわらののぶたか》……23
藤原道隆《ふじわらのみちたか》……24
藤原道長《ふじわらのみちなが》……24、25、28
平安京《へいあんきょう》……28
枕草子《まくらのそうし》……24、25、29
紫式部日記《むらさきしきぶにっき》……24
紫の上《むらさきのうえ》……22、26
大和絵《やまとえ》……29
和歌《わか》……22、28
▼五《ご》・七《しち》・五《ご》・七《しち》・七《しち》の三十一文字《さんじゅういちもじ》でつくられた短《みじか》い詩《し》。

■監修
朧谷　寿（おぼろや　ひさし）
1939年新潟県生まれ。同志社大学文学部卒業。平安博物館助教授、同志社女子大学教授を経て、現在、同志社女子大学名誉教授。2005年京都府文化功労賞受賞。著書に『藤原氏千年』（講談社）、『源氏物語の風景　王朝時代の都の暮らし』（吉川弘文館）、『藤原道長　男は妻がらなり』（ミネルヴァ書房）などがある。

■文（2〜21ページ）
西本　鶏介（にしもと　けいすけ）
1934年奈良県生まれ。評論家・民話研究家・童話作家として幅広く活躍する。昭和女子大学名誉教授。各ジャンルにわたって著書は多いが、伝記に『心を育てる偉人のお話』全3巻、『徳川家康』、『武田信玄』、『源義経』、『独眼竜政宗』（ポプラ社）、『大石内蔵助』、『宮沢賢治』、『夏目漱石』、『石川啄木』（講談社）などがある。

■絵
青山　友美（あおやま　ともみ）
1974年兵庫県生まれ。大阪デザイナー専門学校卒業後、四日市メリーゴーランド主催の絵本塾で学ぶ。絵本の作品に『うみのいえのなつやすみ』（偕成社）、『ねこはなんでもしっている』（イースト・プレス）、『ぼくのしんせき』（岩崎書店）、『しどうほうがく』（講談社）などがある。

■主な参考図書

『紫式部』著/清水好子　岩波書店　1973年
『紫式部』著/今井源衛　吉川弘文館　1985年
『日本歴史館』小学館　1993年
『藤原氏千年』著/朧谷寿　講談社　1996年
『源氏物語図典』編/秋山虔、小町谷照彦　小学館　1997年
『紫式部』著/沢田正子　清水書院　2002年
『紫式部日記』上・下　全訳註/宮崎荘平　講談社　2002年
『源氏物語の時代　一条天皇と后たちのものがたり』著/山本淳子　朝日新聞社　2007年
『誰でも読める　日本古代史年表　ふりがな付き』編/吉川弘文館編集部　吉川弘文館　2006年
『紫式部日記』訳・注/小谷野純一　笠間書院　2007年
『源氏物語　天皇になれなかった皇子のものがたり』著/三田村雅子、編/芸術新潮編集部　新潮社　2008年
『源氏物語を歩く』監修/朧谷寿　JTBパブリッシング　2008年
『紫式部日記の世界へ』著/小谷野純一　新典社　2009年
『日本史年表・地図』（第16版）編/児玉幸多　吉川弘文館　2010年
『山川　詳説日本史図録』（第3版）編/詳説日本史図録編集委員会　山川出版社　2010年

企画・編集　こどもくらぶ（阿部　梨花子・古川　裕子）
装丁・デザイン　長江　知子
D　T　P　株式会社エヌ・アンド・エス企画

よんで しらべて 時代がわかる　ミネルヴァ日本歴史人物伝
紫式部
——『源氏物語』をかいた作家——

2011年3月20日　初版第1刷発行　検印廃止

定価はカバーに
表示しています

監修者　朧谷　寿
文　西本鶏介
絵　青山友美
発行者　杉田啓三
印刷者　金子眞吾

発行所　株式会社　ミネルヴァ書房
607-8494　京都市山科区日ノ岡堤谷町1
電話 075-581-5191／振替 01020-0-8076

 印刷・製本　凸版印刷株式会社

ISBN978-4-623-05889-1
NDC281/32P/27cm
Printed in Japan

よんでしらべて 時代がわかる
ミネルヴァ 日本歴史人物伝

聖《しょう》徳《とく》太《たい》子《し》
監修 山岸良二　文 西本鶏介　絵 たごもりのりこ

聖《しょう》武《む》天《てん》皇《のう》
監修 山岸良二　文 西本鶏介　絵 きむらゆういち

紫《むらさき》式《しき》部《ぶ》
監修 朧谷寿　文 西本鶏介　絵 青山友美

源《みなもとの》頼《より》朝《とも》
監修 木村茂光　文 西本鶏介　絵 野村たかあき

足《あし》利《かが》義《よし》満《みつ》
監修 木村茂光　文 西本鶏介　絵 宮嶋友美

雪《せっ》舟《しゅう》
監修 木村茂光　文 西本鶏介　絵 広瀬克也

織《お》田《だ》信《のぶ》長《なが》
監修 小和田哲男　文 西本鶏介　絵 広瀬克也

豊《とよ》臣《とみ》秀《ひで》吉《よし》
監修 小和田哲男　文 西本鶏介　絵 青山邦彦

徳《とく》川《がわ》家《いえ》康《やす》
監修 大石学　文 西本鶏介　絵 宮嶋友美

杉《すぎ》田《た》玄《げん》白《ぱく》
監修 大石学　文 西本鶏介　絵 青山邦彦

坂《さか》本《もと》龍《りょう》馬《ま》
監修 大石学　文 西本鶏介　絵 野村たかあき

福《ふく》沢《ざわ》諭《ゆ》吉《きち》
監修 安田常雄　文 西本鶏介　絵 たごもりのりこ

27cm　32ページ　NDC281　オールカラー
小学校低学年～中学生向き

日《に》本《ほん》の歴《れき》史《し》年《ねん》表《ぴょう》

時代《じだい》	年《ねん》	できごと	このシリーズに出《で》てくる人物《じんぶつ》
旧石器時代《きゅうせっきじだい》	四〇〇万年前《まんねんまえ》〜	採集《さいしゅう》や狩《か》りによって生活《せいかつ》する	
縄文時代《じょうもんじだい》	一三〇〇〇年前《ねんまえ》〜	縄文土器《じょうもんどき》がつくられる	
弥生時代《やよいじだい》	前《ぜん》四〇〇年《ねん》ごろ〜	稲作《いなさく》、金属器《きんぞくき》の使用《しよう》がさかんになる 小《ちい》さな国《くに》があちこちにできはじめる	
古墳時代《こふんじだい》	二五〇年ごろ〜	大和朝廷《やまとちょうてい》の国土統一《こくどとういつ》が進《すす》む	
飛鳥時代《あすかじだい》	五九三	聖徳太子《しょうとくたいし》が摂政《せっしょう》となる	聖徳太子《しょうとくたいし》
	六〇七	小野妹子《おののいもこ》を隋《ずい》におくる	
	六四五	大化《たいか》の改新《かいしん》	
	七〇一	大宝律令《たいほうりつりょう》ができる	
奈良時代《ならじだい》	七一〇	都《みやこ》を奈良《なら》（平城京《へいじょうきょう》）にうつす	
	七五二	東大寺《とうだいじ》の大仏《だいぶつ》ができる	聖武天皇《しょうむてんのう》
平安時代《へいあんじだい》	七九四	都《みやこ》を京都《きょうと》（平安京《へいあんきょう》）にうつす	
		藤原氏《ふじわらし》がさかえる	
		『源氏物語《げんじものがたり》』ができる	紫式部《むらさきしきぶ》
	一一六七	平清盛《たいらのきよもり》が太政大臣《だいじょうだいじん》となる	
	一一八五	源氏《げんじ》が平氏《へいし》をほろぼす	
鎌倉時代《かまくらじだい》	一一九二	源頼朝《みなもとのよりとも》が征夷大将軍《せいいたいしょうぐん》となる	源頼朝《みなもとのよりとも》
	一二七四	元《げん》がせめてくる	
	一二八一	元がふたたびせめてくる	
	一三三三	鎌倉幕府《かまくらばくふ》がほろびる	
南北朝《なんぼくちょう》時代《じだい》	一三三六	朝廷《ちょうてい》が南朝《なんちょう》と北朝《ほくちょう》にわかれ対立《たいりつ》する	
	一三三八	足利尊氏《あしかがたかうじ》が征夷大将軍《せいいたいしょうぐん》となる	